내 목마름의 그대

하나님이여

사슴이 시냇물을 찾기에 갈급함같이

내 영혼이 주를 찾기에 갈급하나이다

내 영혼이 하나님 곧 생존하시는 하나님을 갈망하나니

내가 어느 때에 나아가서 하나님 앞에 뵈올꼬

- 구약 · 시편 42:1~2 -

미래시선 102

내 목마름의 그대

김선주 시집

미래문화사

흠도 티도 금가지 않은 '나의 전체'인
옥토에 떨어지는 감사와 찬미의 언어

김우규(문학평론가)

김선주 시인이 기독교 신앙의 토대 위에 맑은 시심으로 엮은 첫 시집을 세상에 상재한다. 진심으로 축복할 일이다. 이 시집엔 가녀린 몸으로 초등학교 교사의 삶을 성실히 이어가며 하늘의 영감을 듣는 믿음과 민감한 언어의 조탁이 아름다운 조화를 이루어낸 시편들이 진솔하게 드러나 있다. 김시인의 신앙과 삶의 소산인 시를 대하면서 이 땅의 많지 않은 기독교 시인들이 있지만 나는 먼저 김현승 시인이 쓴 〈눈물〉을 떠올리지 않을 수 없었다.

더러는
옥토에 떨어지는 작은 생명이고저…

흠도 티도,
금가지 않은
나의 전체는 오직 이뿐!

인생에 있어서 화려한 꽃보다는 열매를 더 값지게 생각하고, 삶을 부드럽고 기름지게 하는 웃음보다도 진지하게 반성하는 뜻의 눈물의 의미를 더 소중하게 생각하는 시인의 삶에 대한 경건한 태도가 잘 드러나 있는 시이다. 김선주 시인도 일상에서의 삶이 아무리 황폐하고 불결한 것이라 할지라도, 나의 삶의 부분 중에서 더러는 옥토에 떨어지는 작은 씨앗과 같은 생명이 되고자 하는 마음으로 시를 쓴다.

러스킨은 일찍이 에세이 《참깨와 백합》에서 작가의 마음가짐을 이렇게 말한 바 있다.

'책을 쓰는 사람은 스스로 이것은 진실하고도 유용하다. 혹은 아름답다고 말할 만한 그 무엇을 지닌다. -그는 그것을 영원히 기록하고 싶다. 될 수만 있다면 그것을 바위에 새겨 두고 싶다.- 이렇게 말하면서 이것이 나의 최선이다. 그 밖의 것은 나도 남들처럼 먹고 마시고 사랑하고 미워했다. 그렇지만 이것만은 내 눈으로 보았고, 내 마음으로 알았다. 나의 그 무엇이 가치 있다면 이것이야말로 당신들이 기억해 줄 만한 나의 가치 있는 부분이다.' -(Ruskin : Sesame and Lilies)

사람이 한 세상을 살아오는 동안에 '이것만은 내 눈

으로 보았고, 또 내 마음으로 알게 된 가치 있는 그 무엇'이라고 자부할 수 있고, 또 그것을 획득하게 되었다면 그것은 자신의 인생을 결산하는 마당에서 얼마나 축복받은 삶이랴. 더구나 그것을 영원히 기록에 남길 수 있다면 이는 또한 얼마나 자랑스런 인생이겠는가.

김선주 시인의 시들을 보면 시인의 시작(詩作) 수련의 연조는 비교적 짧은 듯하다. 하지만 그 속에는 시인이 이 세상에서 생을 받아 살아오는 동안에 천재일우(千載一遇)로 알게 된 '흠도 티도 금가지 않은' 가치 있는 그 무엇이 담겨 있음을 읽을 수 있다.

시인은 지금 삶의 문턱에서 접한 소중한 경험들을, 여백을 아껴 가며 가슴에 기록하고 있다.

은혜스러워라! 이 비는
나의 눈물 닦아 주시는
님의 눈물
너를 안다고 말하시는
님의 음성

- 〈바램〉에서

어쩌면 유대 땅 베다니 동구 밖에서 마리아가 슬피

우는 것을 보시고 같이 눈물을 흘리시는 예수의 모습을 연상케 하는 장면이다. 그리고 "너를 안다"는 말에 '흐린 하늘도 눈부신 하늘 꽃이 되'는 이 감격, 뽕나무에 기어오른 삭개오를 알아보시듯, 무화과나무 아래 있는 나다나엘을 알아보시듯 나를 먼저 알아주시는 예수와의 만남, 남들이 보기에는 범상한 일일지 모르지만 김선주 시인에게 있어 "너를 안다"고 말하시는 예수의 음성을 듣는 순간의 경험은 놀라운 사건이다. 러스킨이 말한 생에 있어 '가치 있는 부분'이 아닐 수 없다.

이 가치에 대한 평가의 잣대는 각자의 인식주관(認識主觀)에 달려 있는 것이지만, 김선주 시인에게 있어서는 이 "너를 알아"주시는 예수와의 만남이 시인의 삶의 전체로 자리잡고 있다. 그래서 김선주 시인의 시는 그 님에게 바치는 감사와 찬미의 노래이다. 그런 의미에서 김시인의 시는 본질적으로 신앙시에 속한다. 그것은 시편이 히브리어로 테힐림(Tehillim) 곧 "찬양의 노래"라는 점에서 그러하다.

고목(古木)이 제 가지에 걸린 달이 둥글기를 기다리는 심정으로 김선주 시인의 시작업이 이후 귀한 결실을 얻어 시단(詩壇)을 풍요롭게 하는 건필을 빈다.

시인의 말

풀 내음 피어오르는 싱그러운 계절에

설레임으로 첫시집을 내게 되었다.

드러내지 않으면서 고운 시심을 키우는

소박한 이웃들과 만나고 싶다.

커다란 기쁨 속에서도

슬픔 한 줄기 강으로 흐르고

큰 아픔 속에서도 문득

날개치는 새처럼 소망이 깃드는 날이 있다.

그런 날들로 이어지는 생을 품고 보듬는

사랑 하나 너무 커

감동 속에서 감히 그 모습을 종이 위에 옮기다가

여름이 오는 길목에서

잠시 멈추어 선다.

그리고 생텍쥐페리의 《어린 왕자》에 나오는

어른들처럼 굳이 숫자에 의미를 두고

내가 등단할 때 나이와 같은

서른아홉 편의 글을

세상에 상재한다.

1998년 초여름

서울, 일자산 기슭에서

김선주

차례

내 목마름의 그대/김선주 시집

제2부 어느 한 날의 꿈

제1부
·
그대에게 다가서는 날

시를 쓰며

삶의 문턱에서
한숨 서리고 되풀이되는
넘어짐이 부끄러워
홀로 읽으며 가슴에 쓰는 시

지우려 해도
말갛게 지워지지 않아
때로는
그 자욱으로 쓴다

넘어져 본 자만이
눈물을 알지니
부끄러워 말고, 감사하자
그 다짐으로 다시 짓는 시

아직도 여백이 많은

한 장의 종이 위

나의 삶을 새긴다

편 지

그리움으로 사는 나는
꽃망울 그대로인 채
그대에게 드려지는
한 다발의 수선화

향내 엷은 꽃잎에
입맞춤해 주었으면
행여 어린 마음 읽으시려나
우체통에 넣고 나면
이내 부끄러움 번지는
답신 없는 편지

처음부터 기대하지 않았네
언젠가 꽃망울 터뜨리어
향내 가득한 글 속에서

내 목마름의 그대는
읽어 주면 그만일 뿐
내 바랜 가슴을 안고
기도해 주면 그만일 뿐

달빛 섬기는 바다

바람을 벗삼아도
가슴에 켜 놓은 등불이
희미해지던 새벽에는
파도 치며 울었다

시린 가슴으로
토해 내는 투정을
말없이 받아 주다
부서지는 달빛으로 오시는 이여

바람이 그 빛을 모아
내 가슴에 뿌려 주면
사랑의 촉수 높아져
기쁘게 파도 치며
노래를 부른다

나를 밝힐 빛조차 없는
가난이 싫어
무작정 떠나고 싶었는데
나를 붙드시는 님이여
나
그대 섬기는 바다가 되리니

그대 뜨락에서

그대 뜨락에서
한 알의 꽃씨로 떨어지던 날
뜰 안 가득한 바람의 내음이
향기로웠네

그대 안에서
흔들려도 꺾이지 않는 여심을 닮은
꽃으로 피어나거나
밤 이슬 잠재우려 고운 자리 펴는
잎으로 피어나
그대의 기쁨이 되려 했네

어느 사이 멀어졌나
아픔이 내려앉는 숲을 헤치며
그대에게 다가서는 날

바람의 고른 숨결은
가슴에 여울지네

설레임 안고 따라 나선
바람이 머무는 곳에 뿌리 내린 생명
꿈에서라도
그대가 치는 새벽 종소리 듣고
슬픔에서 깨어나는
민들레라네

은파(銀波)

무시로 그리움이 고여 오면

눈 감고 그 모습을 바라보십시오

아직도 그대 안에 머무르는

고운 이 있다면

나지막이 그 이름을 불러 보십시오

곁에 있으면

속이야기 마음껏 나누고 싶은

어릴적 눈부신 사랑,

오월을 맞는

가슴에 흐르리니

아직도 서러움이 여울지면

그대여, 눈에 가득 하늘을 담아 보십시오

그리웠던 이를 그리듯

아픔을 준 이의 모습도
하늘 담은 눈 속에 정성껏 그려 보십시오

만남의 깊은 뜻을 헤아리며
기도해 주고 싶은 하늘 사랑,
어버이 닮아 가는
가슴에 흐르리니

유월에

이름 없는 병사의 묘비가
어머니의 가슴에 세워지는
유월에
내 영혼의 뜨락에는
서리가 내렸었는데
지금 그 안뜰에
싱그런 봄기운이 일렁인다

새벽이 무너져 내려
폐허가 된
그 날이 가까이 오면
도지는 상처 안고 한숨만 토해내는
그대로 인하여 울었었는데
아, 이제는 용서하며
사랑할 때이리!

눈물 핑그르 돌며
새살 돋는 기쁨이 인다

유월이 시작되는 오늘에야
나 그대에게 손을 내미나니
우리 손 마주 잡고
서로 눈물 말갛게 씻어 주자

설레임 안고 남녘과 북녘의
길 트이는 날 바라보며
민족을 위해 우는
실향민의 마음으로 울자

이름은 몰라도 또 누군가
그리 울고 있으리!

나 그대들의 가슴에
이름을 지어 단다

우리 하나가 되는 꿈으로
출렁이는 그 가슴마다
'그대의 친형제'라고 쓴
이름표를 단다

그날의 슬픔은

사랑하는 이들의 고뇌와 갈등이
밀물 되어
내 가슴에 몰려와
바다 내음 묻히고
썰물처럼 달아나던 날
바닷빛 풀물이
가슴에 물들었다

완도 아이라 불리우던
조카의 젖은 머리카락에서
맡았던
해초 내음 배인 물

그 날에 배운
슬픔은

남녘 바다에서 실려 온
사연 깊은 노래였다

빗속에서

비에 젖은 영혼이
처마 밑에서
그리움의 깃을 접는다
따라오던 비는
작은 악사가 되어
땅 위에 안긴다
비가 멎고 예쁜 음률 남아
추운 마음 위로하며
나그네길 잠시 잊어도
정녕 안식은 아니던가
이제
돌아갈 차비를 한다
기도의 숲 둘린
작은 마을로

팔월의 꿈

헤어지던 순간마저
그립다 해도
생의 길섶에서 맞이하는
사랑은
내 안에서 피다가 지는
꽃이파리
안타까움 끝내 어찌하지 못하는
한여름의 아련한 꿈

바람이 아침을 몰고 와
잠을 깨운 날엔
달맞이꽃 내음 가슴에 번지고
새로이 고여 오는
그리움 하나
맑은 빛 강이 되어

내 갈증 채우려나
한여름의 꿈으로 출렁이는 이

그대, 기다림의 시작
기다리는 그날부터
내 영혼 적시며 흐르는
결 고운 강물

운동회 연습날

운동회 연습을 하다
때 아닌 소나기로
쉼을 얻었다

한 아이가 엄마 손 잡고
떠나갔다
둘째 아이가 우산 속 아빠 따라
떠나갔다
셋째 아이가 신주머니 머리에 얹고
뛰어갔다

모두 떠나고
엄마 잃은 아이와
아빠 없는 아이
두 아이가

외로운 아기 사슴
눈망울인 채
두 팔 벌려 안겨 온다

선생님은
너희들을 잊고 있었다

하나씩 끌어안으며
흐르는 눈물 감추려 애쓰는
어느 해 가을
운동회 연습날

겨울 나무

겨울이 내리는 길목에 선 채
내게로 다가오는
아픔을 만나라고 하시던
당신

에메랄드 빛으로 수놓은 옷
벗어버리고
달디단 즙을 키우던 열매도
말없이 떨군 몸 위로
스치는 바람
한 자락
옷으로 오신 이여

초라한 몸일 뿐
하늘에 올리운 것 무엇 있다고

눈부신 손길로
사랑을 보내십니까

고 독

고독은
그대와 내가 가야 할 땅

허허로운 벌판이라 해도
고운 노을빛은 번지고
모래바람 이는
사막이라 해도
꽃 내음은 피어 오르니

고독은
시 같은 노을처럼 살자고
향기로운 꽃처럼 살자고
홀로 약속하는
예지의 땅

나 목

잿빛 유리창에
늦가을 젖어 올 때
벗은 몸
가리우고파
은총의 노을빛 한 자락
휘감으면서
목요일 저녁
겨울을 산다

제2부

·

어느 한 날의 꿈

선인장 곁에서

선인장(仙人掌)이라 불리움이 위로가 되어
오랜 날 말없이 인종(忍從)을 배우다가
온 몸의 바램으로
꽃을 피워 올리는 너
네가 떠나온 곳을 나는 안다
모래성, 너의 내음 뿌리 내린 아라비아

부활의 주를 만난 바울 사도가
한 걸음에 달려가 머물렀던 그곳
얼마나 울었을까
사막의 품에서 예전의 그를 버리고
천상(天上)의 말씀을 가슴에 새기고 나온 그는

눈물로 모래성을 적시고
육체의 소욕(所欲) 끊어 내는

아픔도 기쁨으로 봉헌(奉獻)했기에
바울은 이방인의 등불 되어
생명으로 가는 길을 밝혀 주었는가

오늘도 나는
아라비아의 성(城)을 찾아 떠난다
그 길에서
슬프게 져도 슬프지 않은
영생(永生)의 꽃망울 눈부시게 터뜨리는
너를 꿈꾼다

길 위의 성탄절

먼 이웃이었던 그대들은
영혼의 주림으로
더 배고픈
남루한 떠돌이 생이었으리

기댈 곳을 찾아 왔으련만
아직도 이 거리가
그대들에게는
낯선 땅인가

고개 돌려
허공만 바라보는 이 있어
성탄 노래 함께 부르는
내 가슴엔
가득히 고여 오는

눈물이 있다

다시 일상의 삶이
해처럼 솟아 오르면
이내 마르고 잊혀질
눈물

나눔이 있는 곳에
사랑이 있다는데
혼자 누리는 삶
부끄러운 내 안에도
그 사랑 그대로
머물 수 있을까

끊임없이 젖어 가는

마음은
성탄절 길 위에서
바치는 기도

꿈 · 1

면류관을 써 보았다
가시관 쓰시고 슬프도록 온유한
내 님의 눈빛이
지금도 선연히 기억나는
어느 한 날의 꿈

비스듬히 누우신 채
나를 그윽히 바라보시다가
손을 올리시어
나무 조각으로 엮어 만든 띠
이마에 둘러 주시니

정금보다 귀하여라
나무 면류관!
사랑의 숨결 닿은 보드라운 관

아무 말 없이
다정스레 사랑을 주시는
어느 한 날의 꿈에서
내 님을 만났다

꿈 · 2

밤 하늘 오르다
멈추어서 듣는다
쏟아져 내리듯 울려 퍼지는
천사들의 합창을

내려오는 길에
잠시 멈추고 내려다본다
나무 십자가 세워진
작은 예배 처소를

내가 섬길 곳이었으면
간절히 원할 때
포근한 기운이 온 몸을 감싼다

아, 하늘에는

아름다운 찬양
땅 위에는
따스한 교회
영혼의 옷자락 펼쳐 받은
주일 아침의 선물

꿈 · 3

처음에는
한 점 구름이더니
희디흰 옷자락에
흰 지팡이 드신 모습 되셨네
하얀 양떼 몰고
구름 타고 오시는데
점점 커져 나를 덮으시니
그 이름 부르면
나를 구원하실까
이 끝에서 저 하늘 맞닿도록
큰 소리로 외쳐 불렀네
예수
오, 그 이름을
깨고 나니 성탄절 아침
그렇게 주님을 만났네

꿈·4

별무리도 꿈을 꾸는 밤
하늘 한편에서
인어 공주가 춤을 추는 듯
찰랑거리고 있어요

고단한 삶에 지친 벗을 데리고
그 하늘에 올랐어요
가까이서 보니
깨끗한 살빛 지닌 커다란 손이
붉은 꽃 한 송이 들고
흔들고 있었어요

곱게 단장도 못한 우리를
신부로 맞이하는
신랑의 손 같아요

곁으로 오라시며
자꾸만 손짓하는
주님의 손 같아요

꿈·5

밤 하늘로 올리시어
한복판에 세우시니
주님 모르고 산 삶
용서 빌려 하는 순간
벅찬 가슴 되어 외치게 하셨네
하나님
사랑해요
사랑해요
사랑해요
바로 그 뒤에 내 귀 열어
영롱한 음성 들려주셨네
 - 사랑한다
 - 사랑한다
 - 사랑한다
감당치 못할 당신의 음성이기에

천사가 대신 화답했는가

황홀한 가슴으로
깨고 나니 떠오른
한 시인의 시구(詩句)
‘얼마나 놀랍고도 황홀한 고백인가
우리가 서로 사랑한다는 말은’

꿈 · 6

소녀 시절의 아쉬움
한 자락 덮고 잠들어서인가
자주
그 시절 담임 선생님
만나는 꿈을 꾸네

나는 어느새 어른이 되었고
선생님은 언제나
젊은 날의 모습 그대로인 채

서로 말없이
애틋한 눈길 보내다
잠이 깨고

곁에 있는 것만으로
마음 설레이다
잠이 깨네

선생님 책상에
꽃병이 있었던가

꽃다발 한 아름 안고
선생님께 달려가는
여중생이 되어 보고 싶었는데

꿈에서조차
때로는 아프게
사랑을 접어야 하는
어른이 되어 있네

첫사랑 · 1

내 어린 날의 재능은
사랑하는 이에게 보이기 위해
빛깔을 내고 익혔던
풋과일

나만을 위해 산 화려한 생은
끝내고 싶어

과실을 가꾸는
기쁨을 떨구고
열매 없이 제단 앞에
엎드리던 날

어느 결에 달려오셨나
나의 첫사랑

지닌 것 없어도 반가이 맞으시는
나의 주님, 사람의 아들
예수여

첫사랑 · 2

빛 고와 덜 익은 열매
따서 안으니
사랑하는 이에게 드리고 싶어
작은 수레에 싣고
가쁜 숨도 즐거워라
언덕 올랐네

홀로 선 뜨락에서
뒤돌아보니
어느 길에 떨구었나
내 작은 기쁨

지닌 것 없어도
반가이 맞으실 이
빈 수레 앞에서 소망하던 날

어느 결에 달려오셨나

나의 첫사랑

부활의 주, 예수여

님의 사랑은

찬바람 마주 하여
잔을 기울이면서
하나는 하늘이고
하나는 바다
나머지는 술잔이라
경포대의 달은 세 군데 뜬다고
쓸쓸히 웃으며
말해 주는 이

세 번이나 주님을 모르노라 했던
베드로도 안으시는
님의 사랑은
그대 곁에 머무르는데

놓으십시오, 달이 뜬 잔

님 섬기던 젊은 날
그날의 성심을 잊으셨나요

축 복

홀로 걷기 외롭던 날에서야
부르심에 눈 떠
당신 곁으로 달려갔다면
외로움은 축복입니다

작은 키 조금이라도 크고 싶어
당신 어깨에 손 짚고
수줍게 발돋움하려 했다면
작은 몸은 축복입니다

칠흑 같은 어둠 속에서
수없이 불러대던
당신의 이름이
어두운 내 가슴에서 빛나는
보석이 되었다면

당신 안에 절망은
크나큰 축복입니다

단 비

가을볕이 따가와요
쉬고 싶어요
마음대로 짝지어 앉고 싶어요
선생님께 매달려 조르려 했는데
갑자기 떨어지는 굵은 빗방울

누가 하늘에 편지를 보냈을까
하나님의 답장이 아주 빨라요
맑던 하늘에 웬 비람!
모두들 비를 피해 뛰어갈 때에
옆반 선생님도 뛰시면서 말씀하세요
선생님도 우리처럼 웃어 보세요
우리들 손잡고 걸어가시는
선생님의 눈 속에 눈물이 고였어요

아, 이제야 우리 마음 아셨나봐요

선생님의 입가에 웃음이 번져요

선생님 마음 속에 메아리치는

그 말씀 우리도 따라 할래요

단비를 주셔서 고맙습니다

제3부

·

생의 강을 건너며

바 램

목마름 하나로 살아왔습니다
목마르지 않았다면
쉽게 져버릴 꽃이었기에
목마름은 생의 축복
부르심을 기다리는
간절한 소망이었습니다

애초에 부르심이 있었다는데
비 뿌리시는 날에서야
비로소 답하며
싱그러운 얼굴 들어
맞이하는 사랑

은혜스러워라! 이 비는
나의 눈물 닦아 주시는

님의 눈물
너를 안다고 말하시는
님의 음성

사랑을 마시는 기쁨에
오늘은
흐린 하늘도 눈이 부신
하늘꽃이 되나니,
끊임없이 이는 바램
내일도 하늘꽃으로 피어 올랐으면

4월의 기도

저녁 노을 이고 선 채
어진 눈빛으로 이웃을 부르는
시장길을 걸어
집으로 돌아오는 날
빈방에 들어서 문을 닫으면
함께 오신 당신이 느껴져
와락 눈물부터 솟구쳐 내립니다

당신과 저만 남은
눈부신 외로움이
온 몸을 휘감기 때문인가 봅니다

하룻길 여정에서
지은 죄 고백하는
가장 정결한 언어는 눈물인 듯하여
문에 기대어 그대로 기도하옵니다

주님, 제 아픔을 웃도는
이웃의 고통 앞에서
침묵하고 돌아선 저를 용서하소서
작은 아픔 곁이라도
무심히 지나치지 못하는
소심증의 소중함을 일깨워 주소서

저를 다스리시는 그 손길로
겸손과 온유와 청빈의 옷을 입혀 주시어
새로워진 모습으로
부활의 당신을 맞이하게 하소서

당신을 맞이할 땐 언제나
막달라 마리아의 그 아침처럼
어둠 짙은 슬픔을 사르는
환희의 사월이 되게 하소서

아침 바다에서

물숲이 가꾸는
꽃동산을 보았는가

수장제는 겨울 밤에
흐느끼는 가슴으로 부르는 노래

아침 바다에서
가난한 아들로 태어나
소박한 어부의 꿈을
하늘 한편에 남겨 둔 채
생의 걸음을 멈춘 이들이여

목이 쉬게 불리우던
그대들의 이름이
끝내

바다에 묻히던 날부터
어머니의 가슴은
따스한 물숲이 되어
날마다 그 이름 위에
꽃잎을 뿌린다

두 손 모은 죽음에 축복을
서러운 죽음에도 한없는 은총을

홀로 깨어나
믿음으로 아침을 여는
어머니의 노래를 들었는가

벗의 병상에서

연민을 올올이 풀어
베개를 수놓아 주고 싶었다

너의 눈빛 슬퍼 보여
조심스레 그 마음
짚어만 본다

우리, 영혼의 눈을 떠
다시 강가로 가자
넉넉한 등 돌려 업고 가 줄
우리들의 연인이 기다리는
그 강으로

생의 강을 건너며
슬픈 노래는 부르지 말자

부활을 소망하는 날개짓하며
안식의 숲으로 마음껏 날자

나는
네 영혼 일어섬을 믿으며
감사의 넘을 풀어
너의 베개에 수를 놓는다
네가 다시 서는 날
기쁨으로 촉촉히 젖을
영혼의 베개여

기도원의 밤

눈꽃 수만 송이 나풀거리며
기도원의 하룻밤
뜨락을 덮네

사랑은 눈처럼
허다한 허물을 덮는가

찬미받으실 분의 말씀
한 송이 또 한 송이
사랑의 문장 만드시어
가슴에 인을 치시네

언약의 증표런가
수만 송이 하얀 꽃
눈부시게 쏟으시니

아, 황홀한 밤이여
오르락내리락 돌계단 밟으며
벅찬 가슴으로 잠 못 이루는
기도원의 밤

돌단을 쌓으며

산다는 그 자체가 기쁨인 날은
마음에 돌단을 쌓는다
성경 속의 이스라엘 사람들처럼
은혜스런 날을 기억하기 위하여

감성에 이끌리지 않은
사랑 한번쯤 하고 싶었기에
가장 차진 돌을
사랑이라 이름 붙여
맨 아래에 놓는다

그래도 사랑은 사랑스러워야 해
다시 돌을 고른다
따스하고 부드러운 빛깔 지닌 것으로

모난 돌도 애처로워
사랑이 느껴져
끝내
무너질 것 같지 않은
단단한 돌 하나
맨 아래에 놓는다

그 위에
마음 가는 대로
돌을 집어 얹는다
오로지 사랑이라는
이름 하나씩 지어 주며
내 마음에
돌단을 쌓는다

사랑은 · 1

마주 서 줄 당기는 날
내가 잡은 줄 끌어당기며
전해 주는
당신의 기쁨

그 마음 고스란히 받아
함께 웃으며 내려다본
우리 잡은 줄
곱디 고와라

내 안에
기쁨이 넘실대는
사랑은
빛 고운 줄

사랑은 · 2

사랑은
돌아오지 않는 이로 하여
서러워하지 않는 것
햇살 가득한 길로 걸어가세요
등 돌린 이를 축복하며
영혼의 눈길 거두지 않는
사랑은
설령 그의 음성이
까맣게 잊혀진다 해도
헤어지지 않는 것
그를 위한 기도가 하늘로 잇닿는
사랑 안에
이별은
더 깊고 긴 만남

내 혼에 돛을 달아

내가 건너야 할 바다 앞에 서면
언제나 반짝이는
숲으로 둘린
땅으로 가고 싶은 바램
그대여,
유순한 바람이 되어 주시렵니까
약속을 받아 내려 오래 기다리다
문득 흔들리는 마음

바다를 곁에 두고 서럽게 돌아선
어느 한 날처럼 거세게 휘몰아치신다면
그때엔 겸허히
그대의 뜻을 묻겠습니다
뭇 영혼의 깊은 한숨 배워
속깊은 사랑을 하겠습니다

그대 모습 기쁨으로 받아들이는

빛 고운 가슴에는 설움이 없으리니

그대 섬기며 가없이 흐르고 싶은 배가 되어

처음으로 내 혼에 돛을 답니다

그리하여

오늘을 새 날이라 부르렵니다

기도·1

때도 없이 차오르는
허망한 것들을 퍼내고
부질없는 욕망과 자랑을 덜어 냅니다
그 빈 자리
가난한 겸손의 덕이 채워져
예지(叡智)의 강이 가슴에 흐릅니다

운명처럼 지워지는
고통의 짐을 안아 봅니다
누가 나누어 지고 걸었기에
예까지 왔는가

다시금 눈시울 젖어들 때
안으로만 소용돌이치던 마음

자장 노래 들려 주던
어머님 음성으로 잠재웁니다

기도 · 2

영혼을 닦아 주소서
두 손 가득 퍼 올리니
그것은 진홍빛 물
그리스도의 보혈
바로 그 빛이었네

올곧은 이 되게 하소서
무릎 꿇고 들어서니
내 영혼 끌어안으며
굽은 곳 펴서 다듬는
토기장이 손길이었네

오늘 그 기도의 강은
그대와 나의 눈물
숱한 아픔을 녹이려

가슴에 차오르는
눈부신 눈물이리

기도·3

내게로 와 주십시오

사랑하는 이의 이름을
처음으로 불러 주시는
음성으로
어린 날 따라 다니던
달빛보다 더 부드러운
눈빛으로

거스르는 만큼 낮이 설어지는
당신을 뵈옵는 날엔
아득한 슬픔 안에서
가끔은 당신을 모르는 체하여도

나의 가슴을 열어 주실 음성

나의 찬 이마에
입맞추실 눈빛이여

당신은
나누어 주고 싶은 기쁨을 가꾸는
내 영혼의 작은 텃밭이
기다리는 비

추위를 타는 이들에게
봄 빛깔의 수를 놓은
희망 한 자락씩
나누어 주실 햇볕

우리에게 와 주십시오

예 수

서른셋의 나이

나사렛의 젊은이시여

오늘은 당신의 사랑을

느낄 수가 없어요

나의 음성 들으시고,

가까이 오시는데

낯설게만 보이니

웬일인가요

당신이

사랑이신가요

두려워할 때마다

품어 주던

오라버니 가슴인가요

못 자국 난 손과 발 눈에 어려

당신의 아픔을 헤아려 봅니다

나 위해 당하신 끝모를 아픔
도저히 내 아픔은 될 수 없어요
진정
당신은 내가 감히 닮지 못할
신의 아들
사랑이십니다

작품 해설

꽃으로 피어나는 주홍빛 향기

김재황

꽃으로 피어나는 주홍빛 향기

김재황(시인)

I.

어느 시인의 작품을 읽든지, 그 나름대로의 빛깔을 지니고 있다. 이를테면, 기쁨의 빛깔이나 슬픔의 빛깔도 있을 것이고, 사랑이나 믿음의 빛깔도 있을 것이다. 물론, 시에 있어서는 그 지향하는 것이 아름다움일 수밖에 없는 일이지만, 저마다의 독특한 개성을 지니고 있다.

시를 이해하는 데 있어서 시인의 개성을 파악하는 게 바로 그 지름길이라 할 수 있다. 기쁨의 빛깔인가, 슬픔의 빛깔인가. 사랑의 빛깔은 어떠하고 믿음의 빛깔은 어떠한가. 그런 면에서 김선주 시인의 시집 《내 목마름의 그대》를 살펴보면, 그 사랑과 슬픔의 빛깔을 만날 수가 있다.

어딘지 모르게 슬픔이 담겨 있는 듯하면서 그 안에 따뜻한 사랑을 지니고 있는 빛깔이 아름답다. 그 모

두가 그 밑바탕에 돈독한 믿음이 깔려 있음으로 해
서 가능한 일이라고 여겨진다.

그렇다. 책 머리에서 김선주 시인은 '커다란 기쁨
속에서도 슬픔 한 줄기 강으로 흐르고, 큰 아픔 속에
서도 문득 날개치는 새처럼 소망이 깃드는 날이 있
다'라고 밝히지 않았는가.

무엇보다도 시에서는 진실이 향기를 풍기게 마련이
다. 이 시집에서는 기쁨과 슬픔 그리고 그 처절한 아
픔 속에서의 소망이 진실의 꽃으로 피어나서 향기를
머금는다.

Ⅱ.

먼저 제1부 〈그대에게 다가서는 날〉은, 작품 〈시를
쓰며〉 외 12편이 실려 있는데, 여기서는 무엇보다도
김선주 시인이 지니고 있는 믿음의 바탕을 읽을 수
가 있다. 내가 알기로는 김선주 시인이 크리스찬이므
로, 하늘에 계신 그분에게로 다가서는 삶을 이야기하
고 있다는 확신이 선다.

그대 안에서

흔들려도 꺾이지 않는 여심을 닮은
꽃으로 피어나거나
밤 이슬 잠재우려 고운 자리 펴는
잎으로 피어나
그대의 기쁨이 되려 했네

- 작품 〈그대 뜨락에서〉 중에서

　세상의 고된 삶 속에서 흔들리지 않고 아름다운 꽃으로 피어날 수 있기를 김시인은 소망한다. 그러나 꽃으로 피어나기가 그리 쉬운 일이 아니기에 '고운 자리 펴는 잎'으로라도 피어날 수 있기를 간구한다. 그 모두는 궁극적으로 그분이 보시기에 좋으시도록, 그분께 기쁨을 드리려는 진실한 믿음에서 비롯된 것으로 보인다.

비에 젖은 영혼이
처마 밑에서
그리움의 깃을 접는다
따라오던 비는
작은 악사가 되어
땅 위에 안긴다

- 작품 〈빗속에서〉 중에서

'비에 젖는다'는 것은 '슬픔에 젖는다'로 바꾸어서 표현될 수도 있을 것 같다. 그것은 바로 '그리움'으로 인한 슬픔인 것이다. 그러나 '믿는 자'의 마음으로 보면, 꼭 비가 슬픔인 것만은 아닌 성싶다. 오히려 비는 음악을 연주하는 악사가 된다. 비록 슬픈 곡을 연주할지언정, 빗소리를 아름답게 들을 수 있는 그 마음이 바로 믿음의 마음이다. 비 또한 이 땅 위에 안기는 축복이라는 사실이 새롭게 다가선다.

에메랄드 빛으로 수놓은 옷
벗어 버리고
달디단 즙을 키우던 열매도
말없이 떨군 몸 위로
스치는 바람
한 자락
옷으로 오신 이여

– 작품 〈겨울 나무〉 중에서

이 작품을 읽으면 나도 모르게 옷자락을 여미게 된다. 옷이란 무엇인가. 허위이고 위선이며, 더 나아가 욕망일 수도 있다. 겨울 나무는 그런 모든 허식을 벗

어 버리고 가벼운 차림으로 겨울을 맞고 있는 것이
다. 겨울의 고통스러운 추위는 그런 모습이 아니고서
는 결코 이길 수가 없다. 그뿐만이 아니다. '달디단
즙을 키우던 열매'로 비유되는, 우리가 이미 소유하
고 있는 부와 명예까지도 '말없이 떨군' 상태가 아니
면 안 되는 것이다. 그래야만 비로소 그분은 한 자락
바람으로 우리 앞에 나타나신다는 신념을 김선주 시
인은 가지고 있다.

　제2부 〈어느 한 날의 꿈〉을 보면, 그 눈길이 나에
게서 너에게로 향해 있는 것을 발견할 수 있다. 나의
충실한 믿음의 씨앗이 비로소 너에게로 사랑의 싹을
틔우려는 몸짓을 한다. 안에서 밖으로의 시선은 믿는
사람 모두가 반드시 지켜야 할 덕목이다. 이는 반석
같은 믿음의 기초를 이루고 있기에 가능한 것이다.

선인장(仙人掌)이라 불리움이 위로가 되어
오랜 날 말없이 인종(忍從)을 배우다가
온 몸의 바램으로
꽃을 피워 올리는 너

네가 떠나온 곳을 안다

모래성, 너의 내음 뿌리 내린 아라비아

- 작품 〈선인장 곁에서〉 중에서

선인장은 목마름을 참는 모습을 지녔다. 그러나 그 목마름을 참고 견디어서 나중에는 아름다운 꽃을 피운다. 그 모습이 어찌 아름답지 않으랴.

선인장은 여러해살이풀이다. 서(西)인도와 열대 아메리카 사막지대에 흔히 난다. 여름철의 새 마디의 끝부분에서 한두 송이의 등황색 꽃을 피운다. 선인장의 가시는 잎이 퇴화(退化)한 것이고, 잎 대신으로 어린 줄기가 엽록소(葉綠素)를 지니고 동화작용(同化作用)을 한다. 줄기에 골이 많이 진 것은 더위를 견디기 위한 지혜이기도 하다.

선인장은 그 모습이 갖가지이다. 그 모양에 따라 그 꽃의 모양과 빛깔이 모두 다르다. 꽃의 지름이 2㎝도 안 되는 게 있는가 하면, 어떤 것은 35㎝나 되는 것이 있다. 꽃의 수명도 일주일이나 피어 있는 게 보이는가 하면, 어떤 종류는 밤에 피었다가 아침이면 시들기도 한다. 그런데 대체적으로 가시가 크고 긴

종류는 꽃이 작고, 가시가 적은 종류는 꽃이 크고 아
름다운 게 많다. 왜 그럴까. 아마도 가시를 '미움'이
나 '증오'로 비유한다면, 당연히 그런 선인장은 기쁨
의 큰 꽃을 피우기가 어려울 것이라는 생각이 든다.

　　내 어린 날의 재능은
　　사랑하는 이에게 보이기 위해
　　빛깔을 내고 익혔던
　　풋과일

　　나만을 위해 산 화려한 생은
　　끝내고 싶어

　　과실을 가꾸는
　　기쁨을 떨구고

　　열매 없이 제단 앞에
　　엎드리던 날

　　어느 결에 달려오셨나
　　나의 첫사랑

– 작품 〈첫사랑·1〉 중에서

누구에게나 첫사랑은 아름답고 소중하다. 그러나 그 첫사랑은 이루어질 수 없는 게 보통이다. 어떤 사람들은 첫사랑이 이루어질 수 없기에 아름답다고도 한다. 하지만 그것은 억지처럼 나에게는 들린다. 첫사랑을 꽃피울 수 있다면 그보다 더 행복한 일은 없으리라고 나는 믿는다. 그 상대가 사람이 아니라 저 높은 곳에 계시는 그분이라면 더욱 그렇다. 첫사랑 자체가 상대가 있어야 되느니 만큼 이 작품 또한 내부로 향한 시선이 아니라 외부로 향한 시선인 것이다.

누가 하늘에 편지를 보냈을까
하나님의 답장이 아주 빨라요
맑던 하늘에 웬 비람!
모두들 비를 피해 뛰어갈 때에
옆반 선생님도 뛰시면서 말씀하세요
선생님도 우리처럼 웃어 보세요
우리들 손 잡고 걸어가시는
선생님의 눈 속에 눈물이 고였어요.

- 작품 〈단비〉 중에서

비는 정녕 우리의 기도에 대한 그분의 응답이라는

생각이 옳다. 만약 이 세상에 비가 내리지 않는다면 어떻게 될까?

물론 너무 많은 비가 내려서 홍수가 지면 모든 것을 흔적 없이 쓸어 가기도 한다. 그분은 노여움을 큰 비로 나타내시기도 하니까 두렵기도 하다.

여기에서 우리는 어느 것이나 도에 지나치면 재앙이 된다는 이치를 알게 된다. 가뭄 끝에 내리는 '단비'는 그분께서 주시는 은총이기에 우리는 감사하지 않을 수 없다.

나는 과거에 한 십 년 간을 제주도 서귀포에서 살았다. 제주도야말로 한마디로 비가 많은 고장이다. 본 장마가 시작되기 전에 '고사리 장마'가 있다. 그 외에도 심심하면 비가 내린다. 그렇기에 풍토병인 '습진'으로 지금도 고생을 하고 있다. 하지만 그렇게 내리는 비 때문에 제주도에서는 농작물을 별 어려움 없이 가꿀 수가 있다.

나는 귤밭을 가꾸었는데, 빗물을 받아서 농약을 치곤 했다. 제주도 서귀포는 화산 재가 많이 덮여 있는 토양이라, 아무리 비가 많이 와도 조금만 지나면 땅 속으로 스며들고 만다. 그러니 자주 내리지 않는다면

작물을 가꾸기가 어렵다. 그 또한 그분의 자상한 보살핌이 아니겠는가.

 제3부 〈생의 강을 건너며〉를 살펴보면 '너'에게서 '우리'에게로 그 시선의 폭이 넓어졌음을 알 수 있다. '우리'란 바로 성경에서 말하는 '이웃'을 껴안는다는 뜻이 담겨 있다. 내 이웃을 내 몸같이 사랑하는 마음, 이제부터 그 참사랑을 실천하려는 의지가 빛난다.

저녁 노을 이고 선 채
어진 눈빛으로 이웃을 부르는
시장길을 걸어
집으로 돌아오는 날
빈방에 들어서 문을 닫으면
함께 오신 당신이 느껴져
와락 눈물부터 솟구쳐 내립니다.

당신과 저만 남은
눈부신 외로움이
온 몸을 휘감기 때문인가 봅니다.

− 작품 〈4월의 기도〉 중에서

4월은 만물이 소생하는 달이다. 그런데 왜 눈물이 날까? 그것은 슬픔의 눈물이 아니라 기쁨의 눈물인 것을 우리는 안다. '당신과 저만 남은 눈부신 외로움'이 그것을 말해 주고 있다. 그분이 바로 '첫사랑'이기에 가슴 뜨거운 희열을 안고 있던 차에, 그분과 단둘이 남아 있는 그 기쁨이 눈물겹지 않을 리가 없다. 사랑하는 이 앞에서 내 모든 것을 고백하고 싶은 마음, 그래서 '이웃의 고통 앞에서 침묵하고 돌아선 저를 용서하소서'라는 기도를 올리게 되었으리라.

마주 서 줄 당기는 날
내가 잡은 줄 끌어당기며
전해 주는
당신의 기쁨

그 마음 고스란히 받아
함께 웃으며 내려다본
우리 잡은 줄
곱디 고와라

내 안에

기쁨이 넘실대는

사랑은

빛 고운 줄

- 작품 〈사랑은·1〉 전문

 우리 사랑은 '마주 서 당기는 줄'이라는 생각에 나도
동감한다. 사랑은 바로 튼튼한 '인연의 밧줄'이기에
그렇다는 말이다. 그 인연을 아름답게 유지하는 일,
그게 또한 사랑이겠다는 생각이 든다. '우리 잡은 줄
곱디 고와라'라는 구절이 그 뜻을 생생하게 밝히고
있다.

 그 밧줄 같은 사랑은 우리끼리의 만남은 물론이요,
그분과의 만남까지도 생각하게 한다. 그렇고말고, 그
구원의 밧줄이 없이 우리는 결코 그분에게로 갈 수
없다. 그분이 내려주신 밧줄을 우리는 결코 놓아서는
안 된다.

Ⅲ.

 우리나라에는 너무 시인이 많다고 말하는 이들이
있다. 그러나 나는 결코 많다고 생각하지 않는다. 아

니, 더욱 많아야 한다고 역설한다. 이 나라에 시인이 많으면 많을수록 좋은 세상이 될 터이니까. 가능한 한 많은 시인이 저마다 많은 시를 발표한다면 이 세상은 그만큼 아름다워질 테니까.

저 하늘에는 별이, 들에는 꽃이, 그리고 우리 가슴에는 시가 있는 세상은 아름답다. 만약 이 세상에 꽃이 없다면 그 얼마나 세상이 삭막할 것이며, 우리 마음에 시가 없다면 그 얼마나 쓸쓸할 것인가.

시를 쓰는 작업은 너무나 힘들다. 더군다나 좋은 작품을 창작하기는 더욱 그렇다. 시인이 아무리 많다고 해도, 그 중에서 끝까지 살아 남기는 참으로 힘들다.

예를 들자면, 난초는 식물 중에서도 귀한 대접을 받는다. 난초의 한 열매 속에는 먼지 같은 씨가 대략 10만 개나 들어 있다. 그런데 그 많은 씨가 바람에 날려서 땅에 떨어졌을 때, 싹이 터서 한 개체의 난초가 되는 것은 불과 몇 개뿐이다. 시인도 마찬가지라고 생각한다.

그러므로 시인은 끝없이 좋은 시를 창작하기 위해 선인장처럼 목마름을 참고 견뎌야 한다. 그렇게 해서 피워내는 한 송이의 꽃처럼 시는 태어난다. 그렇기에

시 한 편 한 편은 향기를 지니게 된다.

결론적으로, 김선주 시인의 시집《내 목마름의 그대》에서는 돈독한 믿음을 꽃으로 피워내는 슬픔과 사랑의 주홍빛 향기를 맡을 수가 있다.

내 목마름의 그대

1판 인쇄/ 1998년 6월 1일
1판 1쇄 발행/ 1998년 6월 5일

지은이/ 김선주
펴낸이/ 임종대
펴낸곳/ 미래문화사

등록/ 제 3-44호, 1976년 10월 19일
주소/ 서울시 용산구 효창동 5-421
전화/ 715-4507, 713-6647
팩시밀리/ 713-4805

정가 4,000원

ISBN 89-7299-159-7 03810
ⓒ1998, 미래문화사

※잘못 만들어진 책은 바꾸어 드립니다.